LES AMOURS D'ÉTÉ,

DIVERTISSEMENT.

SCENE PREMIERE.

THÉRESE, *ſeule & occupée à laver au bord de la riviere.*

AIR : *Le mortel qui vous adore.*

AVEC les jeux dans le Village
Quand le Printems fut de retour,
Je mépriſai le tendre hommage
De tous les Bergers d'alentour.
Mais l'Eté me rend moins ſauvage,
Et je me demande à mon tour,
Ce qui m'enflamme davantage,
De la ſaiſon ou de l'amour.

LES AMOURS D'ÉTÉ,

DIVERTISSEMENT

En un Acte & en Vaudevilles,

Par MM. DE PIIS & BARRÉ;

Représenté pour la premiere fois, à la Meute, devant LEURS MAJESTÉS, *le Jeudi 20 Septembre 1781, par les Comédiens Italiens Ordinaires du Roi.*

PAR EXPRÈS COMMANDEMENT DE SA MAJESTÉ.

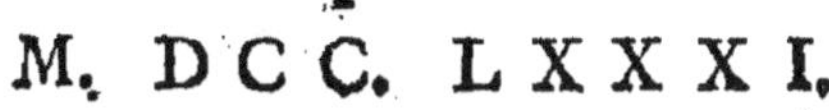

M. DCC. LXXXI.

PERSONNAGES,	ACTEURS,
Le Pere FROMENT, Meûnier,	*le Sr Menier.*
GUILLOT, Fils du Pere Froment,	*le Sr Clairval.*
Le Pere LA LIGNE, Pêcheur,	*le Sr Rosiere.*
THERESE, Fille du Pere la Ligne,	*la D^lle Dugazon.*
NICAISE,	*le Sr Trial.*
UN TAMBOUR,	*le Sr Dufresnoi.*
DEUX PAYSANNES,	*les D^lles Desbrosses & Carline.*
LE NOTAIRE du Village,	*le Sr Chevalier.*
PAYSANS & PAYSANNES.	

Le Théâtre représente à droite, en-deçà de la riviere, la maison du Pere la Ligne ; & à gauche, par-delà la riviere, le moulin du Pere Froment.

Tandis que je me mets en nage,
En travaillant dans ce séjour,
Mon cœur vole à l'autre rivage,
Chez Guillot qui me fait la cour....
Mais, ce qui m'ôte le courage,
C'est que sur le déclin du jour
Je vois la fin de mon ouvrage,
Sans voir la fin de mon amour.

(*Elle ramasse tout le linge dans son panier.*)

A porter dans un seul voyage,
Que ce panier me semble lourd!...
Du moins s'il passoit un nuage,
Le trajet sembleroit plus court.
Sous ces arbres du voisinage
Evitons la chaleur du jour;
Mais, hélas! il n'est point d'ombrage
Qui mette à l'abri de l'amour.

AIR : *Mon petit cœur.*

Mon honneur dit que je serois coupable
Si je cherchois Guillot dans cet endroit;
Mais, mon cœur dit que je suis excusable
Si c'est Guillot qui d'abord m'apperçoit.
Sur ce gazon comme on est à son aise!
Puisse Guillot tourner ici ses pas.
S'il étoit là! s'il étoit là, Thérese,
Assurément tu ne dormirois pas.

Guillot! Guillot! que ce nom m'intéresse!
Heureusement qu'on ne peut m'écouter;
Car dans l'excès de ma vive tendresse
Je me surprends à trop le répéter.
Si l'on savoit que Guillot peut me plaire,
Tout le hameau me feroit endéver;
N'en parlons pas, & pour plus de mystere,
Contentons-nous, s'il se peut, d'en rêver.

SCENE II.

Le Pere FROMENT, GUILLOT, *sur la vanne du moulin*, & THÉRESE, *endormie de l'autre côté de la riviere.*

FROMENT.

AIR : *Tous les Bourgeois de Chartres.*

MON fils, point de chicane,
Cessons jusqu'à demain ;
Pour abaisser la vanne
Viens me prêter la main.
C'est la fête au Château ;
Je veux, ne t'en déplaise,
Que quand le Seigneur du hameau
Est chanté par tous les jets d'eau,
Notre moulin se taise.

AIR : *Nous avons un clocher chez nous.*

Ce sont les Meûniers de céans
Qui sont tretous bien obligeans
Pour les Fillettes du Village,
On les voit sans cesse à l'ouvrage.
Tique, tique, taque est le refrain
De leur cœur & de leur moulin.

Pour les faire lever matin,
Souvent le coq perd son latin ;
Mais dès qu'une poulette chante,
Ils s'éveillent, l'ame contente ;
Tique, tique, taque est le refrain
De leur cœur & de leur moulin.

Qu'une mere apporte ſon grain,
Ils la r'mettont au lendemain ;
Mais ſi ſoudain la fille y r'tourne,
Au même inſtant la meule tourne ;
Tique, tique, taque eſt le refrain
De leur cœur & de leur moulin.

Si queuq'fois un rival chagrin
Vient à ſon tour, & fait du train,
Ils lui donnont ſon ſac bien vîte,
Et ſeuls près de la Belle enſuite.....
Tique, tique, taque eſt le refrain
De leur cœur & de leur moulin.

GUILLOT.

AIR : *Magdeleine à bon droit paſſa.*

(*à part.*)
Eh ! mais c'eſt elle que je vois.
(*haut.*)
A propos je ſonge, mon pere,
Que vous vous gâterez la voix,
En chantant près de la riviere ;
Si c't air a pour vous tant d'appas,
Chantez plus bas, *bis.*
Ou près de l'eau ne reſtez pas.

FROMENT.

Pourquoi prends-tu tant d'embarras ?

GUILLOT, *ſe mettant au-devant de Froment, pour l'empêcher de voir Thérefe.*

Tenez, je ſonge encor, mon pere,
Qu'après chacun de vos repas,
L'Eté, vous dormez d'ordinaire ;
Il fait ſi chaud, c'eſt bien le cas,
Ne tardez pas, *bis.*
Et chez nous rentrez de ce pas.

FROMENT, *avec réflexion.*

AIR : *J'aime le mot pour rire.*

Non, je ne veux pas repoſer....
Et je vais voir, pour m'amuſer,
Les apprêts de la joûte.
En traverſant dans mon bateau,
Je ſerai bientôt au Château.

GUILLOT.

Le long de l'eau *bis.*
Suivez plutôt la route.

FROMENT.

Mais, c'eſt le plus long de beaucoup....

GUILLOT, *pouſſant ſon pere par le bras.*

Vous ferez mieux, encore un coup,
D'aller par l'avenue;
Car je craindrois, en vérité,
Que l'ſoleil dans tout' ſa clarté
De ce côté *bis.*
Ne vous troublât la vue.

FROMENT.

AIR : *Valet chez une Fermiere.*

Soit, mais toi, finis l'ouvrage,
Afin de vaquer ce ſoir
En bon joûteur, à ton devoir.

(Il ſort.)

SCENE III.

GUILLOT, THÉRESE, *toujours endormie.*

GUILLOT, *descendant dans son bateau.*

IL est parti, bon voyage,
Joignons-la sous ce feuillage,
Et montrons-nous moins peureux.
J'en vois trop pour rester sage,
Et trop peu pour être heureux.

AIR : *Du Vaudeville de la Rosiere.*

Passons l'eau, puis sur le gazon
Asseyons-nous tout auprès d'elle.
Ah ! je sens trop que la saison
Redouble sa chaleur cruelle.
Zéphir, rafraîchis ses appas,
Mais pourtant ne l'éveille pas.

(*Tout en passant la riviere.*)

Pour comble d'un bonheur parfait,
Encor' tandis qu'elle repose,
Si dans les rêves qu'elle fait,
Guillot étoit pour quelque chose !
Zéphir, dis-lui cela tout bas,
Mais pourtant ne l'éveille pas.

AIR : *Vous me grondez d'un ton sévere.*

Ce cher objet sommeille encore !
Approchons pour voir de plus près.
Quel charme ajoute à ses attraits,
Le feu dont son teint se colore ! *bis.*
A l'admirer bornons nos vœux ;
Amour, Amour, c'est tout ce que je veux.

(*Il met pied à terre.*)

Ah ! ſi j'oſois dans mon ivreſſe,
Sans l'empêcher de repoſer,
Sur ſa main cueillir un baiſer !
Quel beau moment pour ma tendreſſe !
A ce larcin bornons nos vœux,
Amour, Amour, c'eſt tout ce que je veux.

(*Il lui baiſe la main.*)

Sans l'éveiller ſi je l'embraſſe,
Pour cette fois je fais ſerment
De porter chez elle à l'inſtant
Ce panier dont ſon bras ſe laſſe.
A ce larcin, &c.

(*Il l'embraſſe.*)

Quel doux tranſport ! tout me proſpere ;
Mais fuyons vîte, & pour raiſon,
Car auſſi près de la maiſon
Peut-être ai-je été vu du pere.

THÉRESE, *tournant la tête.*

Et mon panier qui reſte là,
Guillot ! Guillot ! qui me le portera ?

GUILLOT, *revenant ſur ſes pas.*

AIR : *Jardinier, ne vois-tu pas ?*

Si j'ai fui, c'eſt que j'ai cru
T'emporter d'un air leſte,
Ce baiſer à ton inſu ;
Mais, puiſque tu l'as reçu,
Je reſte, je reſte, je reſte.

SCENE IV.

GUILLOT, THÉRESE, le Pere LA LIGNE.

Le Pere LA LIGNE, *son filet sur l'épaule.*

AIR : *Pour un maudit péché.*

ÇA dis-moi sans détour,
Guillot, pour quelle affaire
Je te vois chaque jour
Roder dans ce séjour ?

GUILLOT, *faisant beaucoup de révérences.*

Papa, la chose est claire,
J'y viens faire à mon tour
Ce qu'il nous faut tous faire....
L'amour.

LA LIGNE.

C'est parler sans détour,
Et ma fille est ta femme,
Si ton pere en ce jour
Y consent à son tour ;
Mais pour peu qu'il te blâme,
Il faudra sans retour
Déloger de ton ame,
L'amour.

GUILLOT.

AIR : *Une jeune Fillette.*

Il suffit qu'ça me plaise,
Pour qu'il en pass' par-là.
Mon per' sera bien aise
D'un' bell' fill' comm' celle-là, la, la,

J'n'aurons aucun micmac,
Et crac,
J'épouserai Thérese.
Elle est, je le sais bien,
Sans bien;
Mais ce n'est rien,
J's'is au travail enclin,
Et quand on se convient,
L'eau vient
Tôt ou tard au moulin.

LA LIGNE.

C't' espérance est fort belle;
Mais j'veux pêcher.

GUILLOT.

Oui-dà!
Eh bien, dans ma nacelle,
Papa, mettez-vous là;
(*à Thérese.*)
Vous, là.
Montez sans nul micmac,
Et crac,
(*Ils entrent tous trois dans le bateau de Guillot.*)
J'vous aiderai près d'elle.
Tenez votre filet
Tout prêt;
Car en suivant le long
De la maison,
Je crois que le canton
Est bon,
Pour prendre du goujon.

LA LIGNE, *entr'eux deux.*

AIR Languedocien.

Eh bien, que l'on se dépêche
De joindre son zele au mien.

GUILLOT & THÉRESE.

Que nous ferons bonne pêche,
Si nous nous entendons bien!

LA LIGNE.

Avant tout, il eſt très-néceſſaire
Dans ce cas de troubler la rivière.

GUILLOT, *regardant Thérefe.*

Ah! laiſſez-moi ſeul m'en mêler,
Je me charge de la troubler.

LA LIGNE, *à Thérefe.*

Toi, n'épargne pas l'amorce,
(*Thérefe jette de l'amorce ſur la riviere.*)
(*à Guillot.*)
Et toi, retiens ma leçon,
Il faut plus d'art que de force
Pour attrapper le poiſſon.
De la main que l'on tient en arriere
L'épervier part de cette maniere.
(*Il jette l'épervier.*)

GUILLOT, *ſouriant à Thérefe.*

Ah! je conçois, & déſormais
Je ſaurai jetter mes filets.

LA LIGNE, *ſe retournant.*

Les ſuccès de l'entrepriſe
Sont ſouvent fort incertains.

GUILLOT, *donnant la main par derriere à Thérefe.*

Mais pour ne point lâcher priſe,
On n'a pas trop des deux mains.

LA LIGNE.

Nous n'avons rien perdu pour attendre,
Un brochet vient, je crois, de s'y prendre.

(*Il se retourne au moment que Thérese & Guillot alloient s'embrasser, & tire en même-tems son filet à vide.*)

GUILLOT.

Je l'avois aussi remarqué ;
Mais, ma foi, le voilà manqué.

LA LIGNE, *rejettant son filet.*

AIR : *Du Port Mahon.*

Loin de quitter la chance,
Guillot, Guillot, si je recommence,
C'est qu'avec patience,
Il faut aller en tout
Jusqu'au bout. *ter.*

GUILLOT, *s'approchant de Thérese derriere le dos de la Ligne.*

J'espere cette fois,
Car bien qu'en tapinois
Ce gros brochet balance,
Je vois, je vois, je vois
Qu'il avance,
Malgré sa méfiance
C'est autant de surpris.

(*Il embrasse Thérese, & la Ligne tire son filet, où il se trouve un brochet.*)

TOUS TROIS.

Il est pris, il est pris, il est pris.

SCENE V.

Les Précédens, le Pere FROMENT.

FROMENT, *sans les voir.*

AIR : *Où le mettrons-nous, ma Commere ?*

A LA joûte, prête à se faire,
Conduisons mon fils pour son bien.
Eh maïs, ce bateau c'est le mien,
Je n'y conçois rien,
Je n'y comprends rien.

GUILLOT, *patelinant.*

C'est que j'ai passé l'eau, mon pere.

FROMENT.

Que faites-vous ici, Vaurien ?

LA LIGNE, *à Froment.*

C'est que ma fille a su lui plaire.
Comme vous je n'en savois rien ;
Il n'attend plus que le moyen,
Vous m'entendez bien,
Vous me comprenez bien,
De contracter chez un Notaire
Avec elle un tendre lien.

FROMENT.

AIR : *Mon Pere étoit pot.*

Y pensez-vous donc mûrement ?
Mais quelle extravagance !
Quoi, je souffrirois décemment

Cette mésalliance !
Je vous avouerai
Que même à mon gré,
Thérese est fort gentille;
Mais mon fils Guillot
Est un trop bon lot,
Pour être à cette fille.

AIR : *De tous les Capucins du monde.*

Qui dit Pêcheur, dit pauvre haire.
Nuit & jour près de la riviere,
Un Pêcheur seul avec l'ennui,
Attend que le poisson lui vienne
Pour couvrir la table d'autrui,
Et n'a jamais rien sur la sienne.

LA LIGNE.

AIR : *Ah ! Maman, que je l'ai échappé belle !*

Contre nous c'est en vain que l'on fronde
Sur l'art du Pêcheur sachez qu'on se regle en ce monde;
L'Avocat de science profonde,
Lui doit ses secrets
Pour prendre un Juge dans ses rêts.
Le traitant qui de peines redouble,
Afin d'augmenter sous peu ses finances du double,
Lui doit l'art de pêcher en eau trouble.
L'avide Marchand,
Celui d'amorcer son chaland;
Et l'Abbé qui veut être de marque,
Prend de ses leçons pour savoir bien mener sa barque.
Bref, d'après mainte & mainte remarque,
On ne peut nier
Qu'un Pêcheur ne vaille un Meûnier.

FROMENT.

AIR : *Quel état douloureux !*

Quel état près du mien !
Si j'ai bonne mémoire,
J'ai lu, lorſque j'y voyois bien,
Que chez un Meûnier de Lieurſain,
Notre bon Roi Henri deſcendoit de ſa gloire.
Chez ce Meûnier, nous dit l'Hiſtoire,
Il daigna chanter plus d'un joyeux refrain,
Et boire, & boire, & boire
De ſon vin.

THÉRESE & GUILLOT, *à leur Pere.*

AIR : *N'allez point au bois ſeulette.*

Ah, ceſſez, ceſſez, mon pere,
De diſputer en ce jour ;
L'amour-propre doit ſe taire,
Pour laiſſer parler l'Amour.

THÉRESE, *à la Ligne.*

Si Thérеſe vous eſt chere,
Près de lui ſecourez-nous.

GUILLOT.

Que ferois-je ſur la terre
Si je n'étois ſon époux !

GUILLOT & THÉRESE.

Ah ceſſez, ceſſez, mon pere,
De diſputer en ce jour ;
L'amour-propre doit ſe taire,
Pour laiſſer parler l'Amour.

FROMENT.

Non, Guillot, je ſuis ton pere,
Et je t'éclaire en ce jour.
Tu feras mieux de te taire,
Et d'oublier ton Amour.

LA LIGNE.

Comme moi ſoyez bon pere,
Et vous verrez quelque jour,
Que les états d'ordinaire
Sont rapprochés par l'Amour.

SCENE

SCENE VI.

Les Précédens, NICAISE.

NICAISE.

AIR : *Voici les Dragons qui viennent.*

Voici les Tambours qui viennent
Pour vous avertir.

FROMENT, *à son Fils.*

Loin que ses pleurs te retiennent,
Des habits qui te conviennent
Viens çà te vêtir.

(*Ils repassent l'eau ensemble.*)

SCENE VII.

LA LIGNE, THÉRESE, NICAISE, UN TAMBOUR, PAYSANS & PAYSANNES.

LE TAMBOUR.

AIR : *R'lan, tamplan, tire lire.*

C'tila qu'est Maître céans
En plein plan, r'lan tamplan,
Tire li, ramplan,
Fait dire à ses Habitans,
Queuque chos' qui doit leur plaire.

NICAISE.

Queuqu' chos' qui doit leur plaire !

LE TAMBOUR.

C'eſt que ſur la riviere
Y aura pour les bons enfans,
En plein plan, r'lan tamplan,
Tire li, ramplan,
Y aura pour les bons enſans,
Joûte extraordinaire.

NICAISE.

Joûte extraordinaire !

LE TAMBOUR.

Par ainſi chaque Bergere
Doit entourer de rubans
En plein plan, r'lan tamplan,
Tire li, ramplan,
Les armes dont leux Amans
F'ront ſte petite guerre.

(*Ici les Filles attachent des guirlandes aux lances des Joûteurs.*)

LE TAMBOUR.

Faut ſavoir la magniere
D'pouſſer ſon adverſaire,
Sans quoi l'on tombe dedans,
En plein plan, r'lan ramplan,
Tire li, ramplan.

NICAISE.

Sans quoi l'on tombe dedans !
Ça n'eſt pas ſalutaire.

LE TAMBOUR.

Le vainqueur, au contraire,
Aura la gloire entiere,
Avec six cens francs comptant,
En plein plan, r'lan tamplan,
Tire li, ramplan.

NICAISE.

Avec six cens francs comptant!
Ça n'laisse pas que d'ben faire.

UNE PAYSANNE.

Ah! si c'étoit grand'Pierre,
Qu'en penses-tu, ma chere?

UNE AUTRE PAYSANNE.

Ah! si c'étoit le Gros-Jean.

LE TAMBOUR.

R'li, r'lan, r'lan tamplan
Tire li, ramplan;
Attendez l'événement;
C'est encore un mystere.

NICAISE & PAYSANS *s'en allant.*

Attendons l'événement,
C'est encore un mystere.

(Le pere Froment rentre dans sa maison; Guillot, qui est de l'autre côté de l'eau, fait signe à Thérese de rester.)

SCENE VIII.

GUILLOT, THÉRESE.

GUILLOT.

AIR : *Rondeau de l'Amant Statue.*

RESTE encore un moment,
C'eſt ton Amant qui t'appelle;
Reſte encore un moment,
Ce moment ſera charmant.

Un couple bien fidelle,
Qu'on ſépare inhumainement,
Doit être en ſentinelle,
Pour ſe réunir promptement.

GUILLOT.	THÉRESE.
Reſte encore un moment, C'eſt ton Amant qui t'appelle : Reſte encore un moment, Ce moment ſera charmant.	Reſter un ſeul moment, Quand on craint qu'un pere appelle, Reſter un ſeul moment, Cher Amant, c'eſt un tourment.

GUILLOT, *montrant ſa lance à Thérese.*

AIR : *Mon cœur charmé de ſa chaîne.*

Ceci demande, ma Belle,
Un ruban que t'a'ys porté.

THÉRESE.

Moi je veux la fleur nouvelle
Qui languit à ton côté;
Mais quand ces flots nous éloignent,
En vain tu me tends les bras.

ENSEMBLE.

Hélas! hélas!

THÉRESE.

Guillot, si nos cœurs se joignent,
Nos mains ne se touchent pas.

GUILLOT.

En attendant que mon pere,
Pour la joûte soit tout prêt,
Qu'aisément nous pouvons faire
Cet échange qui nous plaît;
Attachons contre une pierre,
Toi le ruban, & moi l'bouquet;
C'est fait.

THÉRESE.

C'est fait.

GUILLOT.

Maintenant sur la riviere,
Lançons-les tous deux d'un trait.

(*Avec réflexion, & en se retenant pour baiser, l'un sa rose, l'autre son ruban.*)

Un moment, que j'y dépose
Ce doux gage de ma foi.

THÉRESE.

Un moment, la même chose
Exige un délai de moi.
Çà, Guillot, qu'on se dispose
A le jetter comme moi.
A toi.

GUILLOT.

A toi.

ENSEMBLE.

A toi, à moi.

GUILLOT.

Prends mon baiser dans ma rose.

THÉRESE.

L'ruban en cache un pour toi.

SCENE IX.

Les Précédens, FROMENT & LA LIGNE.

FROMENT.

AIR : *Non, je ne ferai pas, ce qu'on veut que je fasse.*

ENCORE ici, morbleu ! partons, ne t'en déplaise ;
Holà, eh ! mon voisin, renfermez donc Thérese :
Je vous le dis encore, pour la derniere fois,
Ou vous pourrez un jour vous en mordre les doigts.

(*Il emmene son fils, & attache son bateau avec un cadenat.*)

SCENE X.

LA LIGNE & THÉRESE.

LA LIGNE.

AIR : *Si je te caresse aujourd'hui.*

A QUOI bon ces pleurs superflus ?
Ce n'est pas être sage ;
Guillot s'en va, n'y pense plus,

Et montre du courage ;
D'un Berger à t'aimer trop prompt,
Si l'on t'ôte l'hommage,
J'en connois cent qui te prendront,
A sa place en ménage.

THÉRESE.

AIR : *On ne peut aimer qu'une fois.*

Ah ! mon pere, pour mon repos,
Cessez, cessez, de grace ;
La cruauté de ces propos
Seroit-elle à sa place ?
Mon cœur ne peut que s'allarmer
D'un semblable systême ;
Si cent Bergers peuvent m'aimer,
Il n'en est qu'un que j'aime. *bis.*

LA LIGNE.

AIR : *De Joconde.*

Au lieu de me contrarier,
Ecoute-moi, ma fille :
Je veux croire que ce Meûnier
Te trouve assez gentille ;
Mais je parierois, au surplus,
Qu'en te prenant pour femme,
Il voudroit avoir des écus,
Pour mieux nourrir sa flamme.

THÉRESE.

AIR : *J'avois à peine dix-sept ans.*

Guillot a des yeux complaisans
Pour la pauvre Thérese ;
Pourvu qu'il compte mes quinze ans,
Il se trouve à son aise.
Votre fille n'a point de dot,
Et la chose est commune ;

Mais ſa tendreſſe eſt pour Guillot
Une bonne fortune. *bis.*

(On entend dans le lointain les cris des Joûteurs, Thérese vole au bord de la riviere avec inquiétude.)

LA LIGNE, *ramenant Thérese au bord de la Scene.*

AIR : *Nous jouiſſons dans nos Hameaux.*

Thérese, pourquoi m'exciter
A prendre un ton ſévere ?
Pourquoi me contraindre à quitter
Le langage d'un pere ?
De pleurer Guillot un moment,
Ici je te pardonne ;
Mais de choiſir un autre Amant,
A la fin je t'ordonne.

THÉRESE.

AIR : *Si-tôt que j'apperçois Jeannot.*

Ainſi donc, loin d'acquieſcer
Au feu qui me dévore,
Vous m'ordonnez de remplacer
Le Berger que j'adore ;
Je chercherai dès aujourd'hui,
Puiſque c'eſt votre envie ;
Mais pour trouver pareil à lui,
Il faut toute ma vie. *bis.*

LA LIGNE.

AIR : *Comme v'là qu'eſt fait !*

Tiens, mon cher enfant, je me doute,
A ta réponſe hors de ſaiſon,
Que ton cœur tourné vers la joûte,
A peine à ſuivre la raiſon.

THÉRESE.

Mais juſtement, voici Nicaiſe.

SCENE XI.

Les Précédens, NICAISE.

NICAISE.

Oui-da, c'eſt moi-même, en effet;
Si je reviens, belle Thérefe,
C'eſt qu'on m'a donné mon paquet.

ENSEMBLE.

Comme il eſt fait!

NICAISE.

Comm' me v'là fait!

AIR: *Je ſuis joyeux, je ſuis toujours gaillard.*

En quatre mots, je vais vous conter ça.
Le long de l'eau, de-là, de-çà,
D'abord on s'amaſſa;
Avec des Dam' ſans pareilles,
Pour leurs couleurs bien vermeilles,
Le Seigneur paſſa.
Au Pavillon qu'alors on retrouſſa,
En nous ſaluant comm' ça,
Bientôt il s'avança,
Et dans l'inſtant qu'il s'y plaça,
Le ſignal commença.

Sans plus tarder, par l'intérêt mené,
Guillot d'un air déterminé,
Sur l'eau s'eſt promené;
Quand j'ai vu qu'il faiſoit montre
De valeur, à ſa rencontre,
Je me ſuis tourné;

Les six cens francs ne m'ont point entraîné;
Mais quand on est bien né,
On se sent gouverné
Par un desir désordonné
De se voir couronné.

Adroitement, Guillot m'ajuste ici.
(*Il indique son épaule.*)
Au lieu d'en paroître transi,
Moi, je me baisse ainsi,
De maniere que sa lance,
Sur ma tête se balance,
A son grand souci,
Et que le bout de celle que voici,
Pour vous dire ceci
Le plus en racourci,
Entre ses jambes, Dieu merci,
Librement passe aussi.

Lors, Monseigneur cria de loin, *bravo*;
Guillot & moi d'un coup nouveau,
J'nous poussons au niveau;
Mais il a ça d'bon, l'brave homme,
Que quand il touche, il assomme;
C'est pis qu'un taureau;
Il tapoit tant qu'on eut dit d'un marteau;
Si bien que moi j'eus beau
Rester comme un poteau;
La peur fit r'culèr mon bateau,
Et je tombai dans l'eau.

Jamais lad'ssus je n'me fus soutenu;
Mais d'un coup de croc bien chenu,
Guillot m'a soutenu;
Au même instant la cohue
Me tire à terre, & l'on hue
Mon air ingénu:

Ah ! si jamais de ce jeu saugrenu,
L'usage continu
Est ici maintenu,
Ma fi, c'est un point convenu,
J'en suis tout revenu.

LA LIGNE.

AIR : *En revenant de la Ville.*

De Guillot & de sa gloire,
C'est assez nous babiller.

NICAISE.

Pour vous finir mon histoire,
Je m'en vais me r'habiller.

LA LIGNE.

Quant à nous, rentrons, mignonne,
Car je crains que le vainqueur
Ne r'vienne avec sa couronne,
A l'attaque de ton cœur.

(*On apperçoit depuis quelque tems Guillot de l'autre côté de la riviere ; Thérese lui fait signe, avant de rentrer, qu'elle l'apperçoit.*)

SCENE XII.

GUILLOT, *seul.*

AIR : *Du Menuet d'Exaudet.*

DEVANÇONS
Les Chansons
Du Village ;
Du prix que j'ai remporté,
Courons à la Beauté

Faire à l'inſtant l'hommage.
Ce bateau,
Au poteau,
Tient, je gage;
Eh vîte! au lieu d'y ſonger,
Vers elle il faut nager,
Courage.

(On entend un coup de tonnerre fort éloigné.)

Mais quel horrible tapage!
Surviendroit-il un orage?
Dans ce jour,
De l'amour
Qui m'engage,
Grands Dieux! feriez-vous jaloux?
Ce ſeroit entre nous,
Dommage.

Retardez,
Suſpendez
Votre rage,
En faveur d'un tendre Amant.
Rien que pour un moment,
Ecartez ce nuage.
Protégez,
Ménagez
Mon paſſage;
Quitte à m'fair' faire en r'venant,
Si ça vous eſt av'nant,
Naufrage.

SCENE XIII.

GUILLOT, *au milieu de l'eau*; THÉRESE, *sur le balcon de la fenêtre avancée sur la riviere.*

THÉRESE.

AIR: *Un Cordelier dit à Lisette.*

DANS ton ardeur trop indiscrette,
Pauvre Guillot, tu perds tes pas,
Car mon pere dans ma chambrette,
Vient de me renfermer, hélas!
  Et s'il me guette,
  Tu ne pourras
Chez nous te glisser en cachette.

GUILLOT.

Faut me l'promettre, ou je m'en vas.

THÉRESE.

Nage toujours, mais n'ti fie pas.

GUILLOT.

Gageons que de ton esclavage,
Si tu veux bien, tu sortiras;
Pour peu que la nuit t'encourage,
En tapinois, tu me joindras
  Sur le rivage.
  Comme tout bas,
Nous parlerons de mariage!
Faut me l'promettre, ou je m'en vas.

THÉRESE.

Nage toujours, mais n'ti fie pas.

GUILLOT.

C'eſt en vain que ton pere veille,
Plus fin que lui l'endormira;
Une voix me dit à l'oreille,
Aide-toi, l'Amour t'aidera.
S'il te conſeille,
Ton cœur aura
Sans doute, une audace pareille;
Faut me l'promettre, ou je m'en vas.

THÉRESE.

Nage toujours, mais n'ti fie pas.

GUILLOT, *au-deſſous de la fenêtre.*

AIR: *Vous autres, jeunes Fillettes.*

Eh mais! ce ſiau, ma mignonne,
Me fournit un bon moyen,
Pour peu que je me cramponne,
Le long de ces barreaux.

THÉRESE.

Hein?

GUILLOT.

J'garantis ſur ma foi,
Qu'j'arriv'rai tout près de toi.

(*Guillot n'a qu'un pied dans le ſeau que Thérese tire, mais il s'aide avec les mains le long des piquets qui joignent la maiſon.*)

THÉRESE.

Cher Guillot, le fardeau peſe.

GUILLOT.

Encor un bon coup de main.

SCENE XIV.

Les Précédens, LA LIGNE, *en-dedans.*

LA LIGNE

Que fais-tu donc-là, Thérese?

THÉRESE, *effrayée.*

Ai! je tire un seau d'eau.

LA LIGNE.

Hein?
Mais, pour qui? mais pourquoi?
N'en tire jamais sans moi.

GUILLOT, *toujours dans le seau.*

Grand Dieux! quelle voix sévere
Vient m'arrêter en chemin?

THÉRESE.

Tenez, de grace, mon pere,
N'allez pas le lâcher.....

LA LIGNE.

Hein?
Lâcher qui? lâcher quoi?
J'ai plus de force que toi.

(*Thérese effrayée laisse la corde entre les mains de la Ligne, qui acheve de grimper Guillot malgré lui, à la hauteur du balcon.*)

SCENE XV.

Les Précédens, le Pere FROMENT.

FROMENT.

Air : *Juste Ciel! je découvre.*

Fier du prix de la Joûte,
Je parierois qu'il a
Tourné par cette route ;
Et parbleu, le voilà.

LA LIGNE.	THÉRESE & GUILLOT.	FROMENT.
Oh! oh! oh! ah! ah! ah! Comment, coquin, te voilà-là!	Oh! oh! oh! ah! ah! ah! Qu'est-ce qu'il m'en arrivera?	Oh! oh! oh! ah! ah! ah! Le bon pere que celui-là!

GUILLOT.

Air : *Oh! Ricandaine, Ricandon.*

Hélas! m'y serois-je attendu!
En l'air, je reste confondu.
Si l'on s'étoit bien entendu,
Chez vous je me serois rendu
Par la porte.
Mais tout n'est pas encor perdu,
Je suis toujours son prétendu,
Car pour l'amour assidu,
Que je lui porte,
A mon cœur éperdu,
Le sien est dû.

LA LIGNE.	GUILLOT & THÉRESE.	FROMENT.
Air : *Vive Henri-Quatre* (de l'ouverture du Magnifique.)		
Ah! téméraire, C'est par trop m'outrager! Dans la riviere, Je m'en vais te plonger, A moins que ton pere, Ne veuille s'arranger.	Point de colere, Daignez vous arranger. Dans la riviere, Dussiez-vous me plonger, Rien ne peut, mon pere, Me contraindre à changer.	Dans sa colere, S'il alloit se venger! Dans la riviere, S'il alloit le plonger! Moi, je suis bon pere, J'aime mieux m'arranger.

SCENE

SCENE XVI ET DERNIERE.

Les Précédens, LE TAMBOUR, un NOTAIRE, PAYSANS & PAYSANNES.
(Ils arrivent tous sur les bateaux de la Joûte, décorés & illuminés pour la Fête.)

LE TAMBOUR, *appercevant Guillot.*

AIR : *R'li, r'lan tamplan.*

POURQUOI donc laisser les gens
En plein plan,
R'lan tamplan, tire li ramplan ?

LE NOTAIRE, *une bourse à la main.*

On vous a cherché long-tems,
Et par mer, & par terre.

GUILLOT, *avec humeur.*

Quand une peine amere,
Va finir ma carriere,
Je renonce aux six cens francs,
En plein plan,
R'lan tamplan, tire li tamplan ;
Mais c'est elle en ces momens,
Que j'fais mon héritiere.

(Le Notaire va pour serrer la bourse dans sa poche, mais Guillot la prend, & la donne à Thérese.)

LE CHŒUR.

Comment, son héritiere !

LA LIGNE, *avec attendrissement.*

Va, si j'étois ton pere,
J'appaiserois tes tourmens,

En plein plan,
R'lan tamplan, tire li ramplan.
Mais pour que j'soyons parens,
Il a l'ame trop fiere.

(*Il montre du doigt le pere Froment.*)

Le Pere FROMENT, *après quelques minutes de réflexion.*

Ouf! la tendresse opere.....
Embrassons-nous, compere.....
Embrassez-vous, mes enfans,
En plein plan,
R'lan tamplan, tire li ramplan.
V'là l'Tabellion de céans,
Qui finira l'affaire.

LE NOTAIRE.

De l'acte nécessaire,
J'ai le moule ordinaire;
Et j'en remplirai les blancs,
En plein plan,
R'lan tamplan, tire li ramplan.
Signez tous selon vos rangs,
Dans la forme ordinaire.

PAYSANS & PAYSAN.	GUILLOT.	THÉRESE.
Signons tous selon nos rangs, Dans la forme ordinaire.	Que ces momens sont charmans! Ah, Thérese! Ah, mon pere!	Que ces momens sont charmans! Ah, Guillot! Ah, mon pere!

(*Tandis que tout le monde est occupé à signer, Nicaise, resté seul sur le bord de la Scene, s'amuse à fixer la Lune.*)

NICAISE.

Com' la soirée est claire!
C'est un signe prospere.

Oh! comme la Lune est dans
 Son plein plan,
R'lan tamplan, tire li ramplan!
Y a ben des noc' d'honnêt' gens, } *bis en*
Qu'autrement elle éclaire. } *chœur.*

VAUDEVILLE.

AIRS Languedociens.

LE NOTAIRE.

SI le cœur vous en disoit,
Parmi vous, les jeunes filles,
Si le cœur vous en disoit,
Voilà le Notaire prêt.
 Il prendroit
 Grand intérêt
A rapprocher les familles.
Si l'Amour vous échauffoit,
En raison du tems qu'il fait;
 Car dans l'Automne
 A Bacchus
 Les jours sont dus;
 L'Hiver, les jours
 Sont trop courts
 Pour les Amours;
Ils sont trop inconstans
Quand c'est le Printems
 Qui donne:
Ainsi, tout bien compté, } *bis*
Mariez-vous l'Eté. } *en chœur.*

UNE PAYSANNE.

Epouseras-tu Gros-Jean?

UNE AUTRE PAYSANNE.

Epouseras-tu Grand-Pierre ?

UNE PAYSANNE.

Dam' ! v'là Grand-Pierr' sans argent.

UNE AUTRE PAYSANNE.

Dam' ! c'est tout un de Gros-Jean.

UNE PAYSANNE.

Ma fin' à tout événement,
J'l'épous' parc' que c'est Grand-Pierre....

UNE AUTRE PAYSANNE.

Ma fin' à tout événement,
J'l'épous' parc' que c'est Gros-Jean.

LA LIGNE.

V'là c'qu'il falloit,
Tout fin dret,
V'là c'qu'il falloit
Pour me prouver qu' dans c't endroit
L'Amour se plaît.
D'un seul coup de filet,
Tout le long de la riviere,
Ici, tout bien compté, } *bis*
V'là donc trois noc's d'Eté. } *en chœur*.

FROMENT.

Au bruit sourd
De ce tambour
Que le flageolet réveille,
Au bruit sourd
De ce tambour
Voguons sur l'eau jusqu'au Bourg.

(à Guillot.)

Sois docile au tendre Amour,
Il va te dire à l'oreille
Qu'il te faut dans ce séjour
Doubler de rame en ce jour.

(Tout le monde entre dans les bateaux de la joûte, à l'exception de Nicaise.)

NICAISE.

Sur ces bateaux,
Pauvres Sots,
Bravez les flots.
Je vais tâcher
De marcher,
Pour me coucher.
La terre est un plancher,
Qui me convient à merveille,
Et j'veux, tout bien compté,
Vivre plus d'un Eté.

LE CHŒUR.

Il veut, tout bien compté,
Vivre plus d'un Eté.

GUILLOT, *au Public.*

Messieurs, voici le moment
Où l'amour-propre soupire,
Tant il craint secrétement
D'être jugé gravement.
Livrez-vous à l'enjoûment
Que le Vaudeville inspire,
Et chacun assurément
S'en retournera gaîment.

THÉRESE, *au Public.*

Si ces tableaux
Sur les eaux
Semblent nouveaux ;
Si nous varions
Les chanſons
Que nous plaçons ;
Enfin, ſi trois Saiſons
Vous ont déjà fait ſourire,
Point de ſévérité
Pour les Amours d'Eté.

(*On reprend en chœur ce dernier Couplet, & la toile baiſſe à l'inſtant où les bateaux ſemblent prêts à s'éloigner.*)

FIN.

www.ingramcontent.com/pod-product-compliance
Lightning Source LLC
LaVergne TN
LVHW010009230826
846092LV00002B/717

* 9 7 8 2 3 2 9 0 6 9 6 3 0 *